DISCARD

La falda morada de Leo es el texto ganador de la VII Edición
del Premio de Literatura Infantil *Narrating Equality*.

El premio, creado por la asociación italiana *Woman to be,* difunde una literatura igualitaria
que promueve el respeto de la identidad y que lucha contra los estereotipos.

A Nico, contigo aprendo cada día.

Irma Borges

La falda morada de Leo
Colección Egalité

© del texto: Irma Borges, 2022
© de las ilustraciones: Francesco Fagnani, 2022
© de la edición: NubeOcho, 2022
www.nubeocho.com · info@nubeocho.com

Primera edición: Marzo, 2022
ISBN: 978-84-18599-60-6
Depósito Legal: M-3442-2022

Impreso en Portugal.

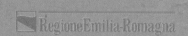

LA FALDA MORADA
DE LEO

Irma Borges
Francesco Fagnani

Leo tiene un baúl donde guarda todos sus disfraces.
Le gusta disfrazarse de pirata, de superhéroe
y de auténtico caballero.

Entre las prendas del baúl que más le gustan a Leo está su falda morada, porque con ella puede disfrazarse de muchos personajes.

Algunas veces, a Leo le gusta salir de paseo disfrazado.
Aquel día decidió ponerse la falda morada.

Leo se sentó en el asiento trasero de la bicicleta
de su madre y, como siempre, comenzó a cantar.

En un semáforo, una señora dijo:

—¡Qué niña más bonita, y qué alegre!
¿Te gusta cantar?

La cara de Leo se transformó. Y aunque la señora no pudo verlo, él frunció el ceño y preguntó a su madre:

—¿Por qué me ha dicho niña? ¡Yo soy un niño!

—Claro que eres un niño —dijo
su madre, comprensiva—. No
le des importancia.

Sin embargo, para Leo era importante.
Cuando llegaron a su casa gritó:

—¡Nunca más me pondré la falda morada!

Su padre, que estaba haciendo la cena,
le preguntó:

—¿Qué ha pasado?

—¡Una señora me ha dicho niña,
y yo soy un niño!

Dejando los platos sobre la mesa y mirándole a los ojos, el padre de Leo le explicó que habían existido, y existen, lugares donde todos, incluidos los hombres, usan vestidos y faldas. A él también le gustaría tener alguna, parecían muy cómodas, sobre todo en verano.

Leo imaginó que su padre y él viajaban a esos lugares.

Al día siguiente antes de ir al cole, Leo rebuscó en el baúl de disfraces, se puso unas mallas de color negro y su falda morada por encima.

—Leo, ¿estás seguro de que quieres ir a la escuela con la falda morada? —preguntó su madre.

—Sí —respondió más convencido que nunca.

Su madre lo miró expectante y
Leo entendió perfectamente lo que ella
quería decir con esa mirada.

—Me gusta mi falda morada y no voy a dejar de ponérmela. Si me llaman niña, diré que soy un niño —respondió seguro y tranquilo.

—Mamá, ¿tú sabes que hay lugares donde todos llevan falda?

—Sí. ¿Y tú sabes que hace mucho tiempo las mujeres no podíamos llevar pantalones?

La madre de Leo le contó que, hace muchos años,
una chica llamada Fanny vestía pantalones, aunque todas
las demás chicas solo usaban vestidos.

Después de Fanny hubo muchas más: Mary, Luisa,
Marlene... A algunas, incluso, les prohibieron salir a la calle
en pantalones.

Fanny Wright

Leo pensó en todas aquellas mujeres que se habían atrevido a cambiar las reglas. A lo mejor, él también podría vestir como quisiera, ¿no?

Leo sonrió y, de la mano de su madre, salió a la calle.